B o l l a r d

Hashimoto Emi

青磁社

＊目次

鳥打帽 9
ミモザ 11
探偵ジャック 13
ふたつの背骨 16
声 20
空 23
森 28
木組みの橋 32
手 35
青い金魚 38
見てほしい 41
涼　月 44
トロンプルイユ 46
七つの釦 49
雨の匂い 53

一つのドアをめざす 56
Dead section 59
支点力点 61
火　屋 64
knight 68
紅すぎる耳 71
樹の時間 75
きよみ 79
水を運ぶ 81
花　窓 88
潮 92
粥より始む 96
消失点 100
雪　花 103
輪　唱 106

banana bread 109
瓦斯灯 112
雷鳴と蟋蟀 121
根菜類とバッカス 126
サンタ 129
青色灯 132
蜂乳石鹼 135
果実酒とアンモナイト 138
グリザイユ 141
浮　彫 144
LR41 147
朝の煙突 151
ボラード 156
花をほどく 165
聖母像 168

素焼きの灯台 170
mute piano 173
丸　窓 178
ふたつの部屋 182
風のいろ 186
断　面 189
月のうしろ 192
絶望と背景 195
冬　陽 200
雨　下 204

あとがきに代えて 207

橋本恵美歌集

Bollard

ボラード

鳥打帽

ポーランドの鳥打帽を購えり父は今日より冬色の海

樺太の犬の尾ふときを思いおり冷えた鼻先毛布にうずめて

たい焼きにも養殖、天然あるらしくずっしり重き鯛焼きを買う

ひきだしから小さなめがねは現れてこんなにちいさい十歳のかお

「ぼくがまだめがねをかけてないころだ」子は言う伊良湖岬の春を

ミモザ

今日もまた数式を解く父子なり吾のみうしろで花など植えて

この雨はミモザの花を告げる雨　二上山《ふたかみやま》の空が明るい

リコーダーを洗えば水は弧を描き春のひかりのうたあふれだす

回覧板まわしにゆかな莢豆のさやの中まで夕闇は来ぬ

探偵ジャック

ウォーターガン学生鞄につめこんで校門をゆく七月の子ら

疲れ切ったこの子をすぐに連れ出して地球の丸さを、海を見せねば

ヒョウ柄にも夏仕様のがあるらしく今日から義母は青豹となる

子は夜ごと手品見せくる「めがねせよ」「カードを選べ」とわれを起こして

今宵また探偵ジャックという手品子が見せるなり日付越えつつ

調査員の手元カチカチ鳴る真昼「じてんしゃ1」のわれも通れり

ふたつの背骨

大きうねり残して去ってゆく鯨見送るごとく二学期はじまる

子と吾とふたつの背骨持つ日々を思い出だせり水に浸かれば

帰還せし宇宙飛行士の心地してプールサイドに身体引き上ぐ

薔薇の根はみずからの根を抱きながら十年万の蕊を降らせる

アルバムに風は触れゆき遠き日のリンデンバウムの蔭も揺れたり

モノレールの過ぎしは紺屋町あたり母との時間は早やも暮れゆく

気力から老い始めたり義父はまた小骨の多き魚を残す

この町を出ようと思う日は来るか根っこの枯れた薔薇を抜きつつ

鳥声にもっとも近きテラスにて終止符のように飲むモカマタリ

声

生れたての仔馬のうなじのようにあり春のはじめの二上山は

池を背に柿の葉寿司を食みながら亀の声かもしれぬ声聞く

花の下につかのま耳がひらくとき母が母呼ぶ娘の声で

「帰れ」と言われ帰るしかない春の朝　小舟のように実家《いえ》を離れゆく

われはただ根無し草だと思うときさくらの窓に泣きつつ帰る

母と吾の春は短し花びらを疾風がさらうように終わりぬ

ロバのパン屋ぱっかぱっかと過ぎゆけり母さん来たよと告げる母なく

空

ただ一度祝ぎのために来し母のうしろに揺れていた雪柳

ゆく春のさびしさに似て一日《ひとひ》かけ白紙に判子つく仕事せり

裏の家に回覧板を持ちゆけば「裏の橋本さん」と呼ばれぬ

白チョークで描かれし線路の絵のような列に並びてドーナッツ購う

「二個ずつ」を「三個ずつに」と言いなおす山羊のいそうなドーナッツ店に

日暮れまで草生に友とギター弾く陽気な二人のスナフキンおり

雨のまえ筍むっくり匂い来るむかし竹林たりしこの町

会釈ののち喫煙席へ通されるあなたは煙草を吸うひとなのか

さみしいよ五月の空の青い日は見えない星を数えて眠る

夕暮れのつかのま壁に現るる影絵のごとき蒼き鳥かご

筍のようにあなたが突き進む五月の青き空を危ぶむ

米も研ぎ子の沐浴もここでせし洗面台が空映し行く

森

犬の上にひとつの傘はひらかれてウッドデッキに夏が来ている

釣具屋に潮汐表を取りに行く海峡の石集める叔父に

冷蔵庫の棚を外せばアイスマンのようにきれいな蜘蛛が現る

鳥の持つすべての言葉をたずさえて朝四人で森へ入り行く

新しき六馬力なる空調機付けられ六頭立てのそよ風

初めての親の襁褓を買いに行く秋の日夫は僧の目をせり

やり場なき思いも水面に浮かばせて引きはがすようにプールを泳ぐ

金いろの窓のひとつがうちであることに気づけり丘の塔より

落葉掻き終えたるのちの庭土は梳きやりし猫の背中めきたり

「ここまでは前にも来たんだ」数式の森に佇む子が呟けり

木組みの橋

枝垂れつつ柿の古木は触れており最も小さき地蔵の頭に

海老チリを食せばいつも祖父は言う蟬の抜け殻食べし戦地を

片膝を立てて履くときゲートルの巻き方などをわれに語りき

舟を漕ぐようにも見ゆる万歳を幾度かなして祖父逝きしとう

祖父を抱き横一列に乗るこだま　雲海のような朝靄を行く

文机は昭和のままに静もりて祖父の匂いの筆は立ちおり

手

ろうそく屋の窓は小さく秋の日は暮れやすくありジェットロの裏に

影絵なるメリーゴーラウンド　閉館となるとき誰か止める手がある

訪うたびに浜に目にせし海亀を父は弔う朝早く来て

日本海の波は荒くて海亀の骸を海へ海へ引き寄す

この冬の記憶のように砂浜に埋める亀の白く硬きを

産道を通らず生まれてきし子どもは根性ない子と姑に言われき

準急の最も傾き行くところ乳《ち》を与えつつ越えし春あり

青い金魚

風の街に帽子売り場は広くあり白いシャッポの雲わきあがる

陽のひかりあふるる五月の芝の上に障子の桟を立てかけてゆく

ひたひたと水溶き糊を刷毛で塗る五月の空の青さも混ぜて

父と母ふたりで障子を貼ることも最後と思えば冴え来る白さ

太田川に水脈引く舟のしずけさをのぞみ号より遠く見つめる

銀の柵のむこうに立ちて父はもう改札口を越ゆることなし

胸の裡に青い金魚が棲みついて振り返るとき父と思えり

見てほしい

ときどきは降りたいだろうアンティーク洋灯《らんぷ》の天使を地上に下ろす

重いこといつも喜ぶ父だった練羊羹や味噌選ぶとき

急性期にあるとう父の肺癌に白血球のごと集まるわれら

男はみな舟を漕ぐひと明日向かう難所のために白飯を盛る

朝ぼらけの海に投網を打つごとく向こうに寝る子に夏布団掛く

きっとこれは初めの花火そしてまたどこか誰かの最後の花火

婚家には父の病を告げぬことわれは選びて今朝も水撒く

半世紀生きた私を見てほしい　お父さんその日におめでとうを言って

涼　月

電車内の銀の金具に揺られおりデュフィの森の七頭の馬

海の辺にソフトクリームの溶けてゆく速さで忘れていいよ私を

おかあさん、見えなくなるってどんなふう　あなたに見せたい星空がある

命のかわりに神に差し出しし一人《いちにん》の乳ふさ涼し月を見上げる

トロンプルイユ

何度でも騙されてやると思いつつ海岸までの坂道くだる

冬の陽を遮る大きな部屋に来てトロンプルイユの一枚に会う

願うより祈るは林檎の種に似て胸の奥処にしんとあるなり

潮鳴りのかすかに届く裏道に番地の札をたどりつつ行く

大きなる眼鏡をくぐり入りゆける公園いまも遊具少なし

青い舟を見ていたひとりの少年の視線を探しに海に来ている

泣き虫の少年泣かなくなるまでを思いつつ蒼い砂浜を行く

七つの釦

水底を照らすらんぷのうすあかり眼科医はまた湖に潜れり

煮崩れることなき穴子の横顔を生ごみ処理機に投ずる夕べ

日没まで少し時間をあげるよと空に言われて百合に近づく

年を経るごとにこびとが増えるという不思議な家の住人われは

生前の幾つ目の箸と思うとき蝶の遺骨のような軽さよ

掃き残しし茶殻は足裏にざらつきぬ昨夜より深く離れぬことば

授乳のころ着ていし木綿のブラウスの釦七つを残し処分す

ゆさゆさと葡萄の蔭も揺らしつつ木を連れ帰る両腕に抱き

笛を洗う夏の蛇口の遠くなりその指《おゆび》もて私を洗う

白南風にリネンのシャツをはためかせ長けたる薔薇の影を伐りたり

雨の匂い

汗でなく涙と思う　数滴を戸口に残し義父入院す

乳ぼーろは舌にほどけつつ老いびとの東の部屋より夕暮れは来る

夢に来て胸で泣かせくれしひとの雨の匂いの綿のブラウス

「あの世から裕子さん来た」と思いしが私の死後であったか知れず

三時より街灯ともる雨の午後もういいでしょう大人になって

千日灯るろうそくのように植えゆけり雨の窓辺にうす紅のはな

「大声でたまには泣けば」と義母は言うあなたの前で泣いたりしない

一つのドアをめざす

今日息子が見下ろしているこの街に乗ることのないひかりが行き交う

産室に向かう気配に似てわれは手術室へと息子を送る

足音まで底冷えのする手術室にひとりおまえを産みにゆきにき

白銀の刃は冴え冴えと置かれいて間もなく眠る子は切られゆく

大通りより一つのドアをめざしつつ貌の奥まで灼かるる向日葵

今日の日を閉じ込めるため汲み置けり製氷皿にまっさらな水

枯れない花と手紙を置いて鍵をかけ地底へ下りるように帰りぬ

Dead section

死電区間　日々わたりつつ行くわれらどの横顔も明日より若し

身震いのごとき唸りを上げながら直流交流切り換わりたり

どこからが海底なのか分からずに闇を見つめて関門隧道《トンネル》を行く

支点力点

一週間に五切れの鮭を食べる子のもはや熊かも知れぬ毛深さ

ベートーベンが第九を書き上げたくらい俺は採血したと子が言う

柱という柱に手すりは付けられて支点力点縦横にある

車寄せのいつも静かな洋館にぼんやり浮かぶ雨のポーチは

老人に傘を差すひと濡れながら医院の奥の庭へ消えゆく

鏡には映らぬ声と思いつつ睡蓮の色の口紅を引く

珈琲のインクで描いているような日々老いびとに近く暮らせば

火屋

てのひらを人形の白き胸に置き蘇生させたり入梅のあさ

釦付けばかりしている六月は小さな虹に針をくぐらす

ソの音でファーと鳴きくる黒白のねこが夕べの雨を知らせる

青玉《サファイア》を水に浸して母の眼を洗わん夜半の流星のため

ふたたびの葡萄は五粒実りたりことば少なくなりゆく夏に

火屋を拭くしずかな時間が君にあり灯りのふちを銀河は包む

ひろばから町は始まり広場へと道はつながる　この道をゆこうよ

父と子を隔てる硝子のようなものわれは磨きて夏を過ごせり

扇風機ふたつを厨に動かせば瓦斯火を乱す風のベクトル

子の上の台風の空を知るために競馬中継しばしつけおく

knight

「まんじゅやのはしもと」と言えば分かるとう義父の会費を納めに走る

ボラードの点々とある岸壁にわれれを座らせ父が夜釣りす

漁村なる古き薬屋に購いし子どものくすり薬箱にあり

窓のない部屋ではそれが風だった七台分の羽根を洗えり

見送ることにまだ慣れぬ夏　スカートの膝のパン屑などを払いて

既視感とだれか言うとき現れる銀の鎧の小さきknightは

金剛山の頂にひとつ灯のともり山守る人の夜が始まる

紅すぎる耳

月の夜に漕ぎ出すごとし夫とふたり義母に内緒の外出をする

朧なる月の輪のごとくひかりあり水浴をする乙女の乳房

乳輪のもっとも濃きはピカソかな地図の記号のようにありたり

濃くあわく乳ふさに輪を持ちながら絵画の前を人ら過ぎ行く

知らぬ男の体温近く絵を眺む半袖なれば腕など触れて

モディリアーニの額に向くときわれもまた首をやや右に傾げいるなり

ゴッホ史上最も明るき時代とうその自画像に紅すぎる耳

指の跡あるとし聞けば誰しもが一歩近づきゴッホを覗く

カンバスに触れしゆびさき拭うときテッシュは無くて何の布なる

オーヴェールに茂れる樹々のざわめきよゴッホの陰鬱極まりてあり

樹の時間

「賞味期限過ぎてるさかい早よ食べて」カステラ一箱客は置きゆく

掃くために木下に入れば樹の生きる時間に合わせ掃いているなり

猫のひげ戸口に落ちていし朝発芽せぬその髭を拾いぬ

閉じている薔薇をゆさぶり今咲けということ言葉は子を追いつめる

夕暮れに一羽来て米を啄める小さき体温触れず見ており

ちいさな亀に大きな影のあることもふいに哀しき冬の入口

でこぽんは仏の耳のやわらかさ半時間ただ黙し剝きおり

まぐろの子がマグロでないこと夫に説く泳ぐこともうやめたっていい

泣き虫だった息子がまっすぐ聞いてくる　私の海を引き出すごとく

ねこ帰るぼろぼろになる恋をして青きアネモネ植えし夕べに

きよみ

しみじみと晴れていて欲しその町を息子がいよいよ離れる日には

少し濃い目にコーンスープを溶かしつつ引っ越し業者のトラックを待つ

橋の名の駅をいくつも越えながら日々の暮らしの淀んではならず

新しき暮らしに未だ猫を見ず息子はきよみを一つ購いたり

水を運ぶ

手巾《ハンケチ》の四方を綴じるかたちして桔梗はねむる　雨雲遠く

触れそうで触れぬ鼻先　古ぼけた陶板タイルの象の親子は

夏の建具は子犬のように貰われてただすうすうと床の間はあり

耐えがたき黄昏時のさびしさに二つの声が厨の吾を呼ぶ

海老を剝く、　えんどうを剝く黙々と厨に夕日を浴びながら剝く

椎茸が耳のかたさに戻るまで義母の俳句の助詞を直せり

代本板めいて厚揚げ立ちながら六つの底ややも焦げおり

全身で抗いにけり老いし人は酸素チューブに怒りぶつけて

てのひらをひらいて怒りを逃す樹下それでもさくらは毎年咲いて

胡瓜草の脇に自転車停まる朝　排尿を褒める大きな声は

埴輪めきををを開く昏き穴、日々深みゆき歯刷子を入る

ゆったりと夕映えの川は曲がりおり蔓やわらかな老眼鏡《めがね》を選ぶ

水を運ぶ小さな燕のイヤリング失くしたようにちちをなくせり

喉頭鏡のブレードが深く傷付けし下唇に乾く血のあと

扇風機は死者に届かず前髪も睫毛も揺れぬ舟の暗がり

まだ熱き中指の骨を拾いたり少し浮くのが癖だったゆび

五つに分ける夜の始まり砂紋めく絹ごし豆腐の面に刃を当つ

氷のいろの和菓子に沈む大納言　母屋と離れに一人と一人

遺影横の窓には今朝も雀来て古き仏飯啄みており

米びつの少なき米を寄せしとき升に混ざれる唐辛子の種子

花　窓

白い紙にわたしは何を残せるか砂めく時間さらさら過ぎて

たくあんが重い重いと言いながら義母の食欲衰えずなり

葡萄と麦のステンドグラス硝子には西への風が刻まれており
教会は裡なる海に向かう場所ドームに六つの花形の窓
聖水のちいさき器濡れており今朝洗礼を受けたる誰か

鶏肉にゲランドの塩を振るごとき言葉をかけて子を送り出す

下乗なるところで夏の帽子脱ぎ透明な馬を待たせて祈る

切り株に腰掛けひとり待ちておりコロッケ八個揚げ上がるまで

キューピーのマヨネーズ柄の女性車両どっぷり浸かって居眠りもする

室外機に座って食べた昼ご飯何をしたってわれは独りで

野分の夜ねこに寄り添うものの無く戸口に時計の螺子を巻き置く

潮《うしお》

ふるさとに角度を変えぬ坂があり友の家の跡、ジミーのいた場所

友の家は古書の匂いの満ちいたり畳敷なる教会なれば

巻貝のなか進むごと右向きの螺旋のぼりて行く秘密基地

六年間犬のジャックは通い来し発語せぬ友と校門までを

「何にもないけど風がごちそう」と母は言う潮の匂いのそれを味わう

裏口からすぐそこは海　老医師のむこうに光る船が出で行く

入江口とうバス停前の診療所むかしは貨車も裏に停まりぬ

銀の耳めきて膿盆置かれあり波おと近き白き卓の上

休校となりたるおまえ「一時間飛び続ける」と紙ひこうきを折る

手を離せばゆらゆら落ちる「じゅぴたー」はどこか明日の息子のようで

粥より始む

僕はまたここに残って頑張るよ　予備校に三度友を見送る

轍無く音の鳴らざる車椅子に子を乗せ進む砂いろの床

はじまりに船の絵のある回廊を歩みゆくとき朝光は射す

絶食から豚骨チャーシュー麺までの遥か道のり　粥より始む

馬の絵文字ひとつが子より送られ来　弁当を今食べているらし

ひたすらに影の際立つ夏の夕　子とわれが黒き服に並びぬ

同じころ発病せし師と子にあれどふたりは一日も休まざりけり

腋の下のドライアイスは冷たかろう師の書きくれし白き数式

鼻の尾根が厳しい治療を物語る「がんばれ」が仕事だった先生

「私の夢はあなたの夢の叶うこと」式の最後に読まれし手紙《ふみ》は

消失点

丸眼鏡ひとつを納めし手提げ持ち美術館へと函に昇りぬ

赤馬を洗う男の腋黒し北斎の絵に滝落ちつづく

秋の日の消失点になればいい二輪の影を連れて下りぬ

パスワードにのみ残しおくその猫の履きおりし白い靴下のこと

尻もちをつかずに越えしことなくてとびばこパンを二段でちぎる

大晦日の敷居の滑りを良くせんと受験生の子が蜜ろうを塗る

優先席にながく毛糸を編む仕草　男はコードの縺れ解きおり

雪雲は湾より来たり遠雷の一つ鳴り青きアネモネが散る

雪花

一円玉の落ち拾わるるまでを見つ子を待ちおりし花屋の前に

しんしんと雪がふりますおばあちゃんわたしはどこへゆくのでしょうか

旋回する一機を見ており雪花がちぎれるように離れゆく午後を

窓越しに朝陽に触るどうしても今日われに叶えたきことありて

目分量に料理酒を鍋に注ぐとき泣きたさは来てざんと入れたり

言わざりき言葉の多き春の日は爪伸び易くやや深く切る

ひとり馬を洗うさびしさ部屋ぬちに見える背中の白く遠くて

たんぽぽを何度も数えまだバスを待ってる誰も乗ってないバス

輪唱

月明かりに影を浸して歩むとき竹の輪唱渡りゆく見ゆ

おめでとうはさよならなんだ　息を整え息が合うまで三年かかった

絵をはずしゆく夕暮れのような日に元気な動画きみより届く

若葉寒の強雨弱雨の続く朝香油を焚けば遠く犬鳴く

前髪に鋏はひかりを入れながら男は哲学めく話せり

デラウェアの淡きみどりの猫の目に母と二人で目薬をさす

遠浅の海に拾いし平家蟹かなしき顔のみ子らと見て捨つ

banana bread

バックミラー付きの自転車走りゆくまっさらな過去丸く映して

「大きなおしり」お尻を喜ぶ義母である力士の後姿《うしろ》映れるたびに

夏の日のバナナブレッドずっしりと枯色のその角から齧る

駅からを青筋揚羽が従いてくる海へ行く道尋ねるように

胡桃屋とう店ありし日の看板に眼鏡をかけし犬やリスあり

本の厚みほどに開けたる小窓から風が圧し来る皿を置くとき

瓦斯灯

苔の上に無数の傘が立ちあがり水滴乾くまでを光れり

夕光に浸せるように踏み出せり車椅子しばし納屋に休ます

庭草を踏みつつ進めゆく車輪　重さ無きひと運ぶ心地に

映写機のリールのように巻き戻る義父のうなじの黒子のことなど

納屋の戸を閉めるに胸の疼きたり義父を閉じ込めるような気がして

さびしさは水面に映らずひたひたに馬穴満たして月を待ちおり

台風はフランシスコという名前　列車の旅を一日延ばす

島と島をたしかな橋で結ぶごとブラジャー着ける眼鏡のあとに

通路の向こうのナッツがもりもり減りゆくをトンネルごとに窓が映しぬ

閉ざされた絵画にひかり当てんとし静かな午後の扉をひらく

顔しろく小さくふたつ並びおり少し湿った燐寸のように

白鳥に乗せても沈まぬ父だろう白いシーツに血が付いている

雪笹の根は土中に太りゆく羽布団《ふとん》が重いと上掛けを剝ぐ

爪のように切っても切っても生えてくる癌は父の声塗り替えながら

ガスの火をふつっと消してしばらくを薬鑵の口に湯は滾りおり

足し引きの叶わぬ日日　会いに来て食べさせ笑い食べず笑わず

瓦斯灯が市庁舎前に生れしときガスマンたりし父と思えり

当直明けの鞄を揺らし帰る父　石鹼箱のかたかた鳴りて

港はどこに帰るのだろう夜なれば深さ増したり雨ならばなお

含嗽薬を頰に満たせば走り出す機関車はあり冷たき朝に

さびしさに淋しいとぽつり言いしのち柿剝くように父が笑えり

雨上がりの朝の路上に光りいし自転車の鍵そばに掛け置く

靴紐をぎゅっと締め直して立ち上がる楓《ふう》の落葉の貼り付く道で

駅員に蝶を手渡す透明な長きホームに出口は無くて

とぷん、と桟橋に波の音はして人ら並んで乗船を待つ

緑陰に傘を畳めば鹿の子は踵の白く立ち上がりたり

雷鳴と蟋蟀

天牛に桜立枯れゆく日々よ左下葉から父は失くせり

いつだって小さな青空目薬の器を透かして父は眩しむ

一寸法師のお膳のような皿並び二センチの鮭を父は食べゆく

海の辺の雨は大粒　両の手に傘を持つときちちふさ重し

仔猫にも父にも母にも与えたい母乳と思う雨に濡れつつ

夏草が風にそよげる線路脇　貨物列車が風を重ねて

いつよりか医師らは語らなくなりぬ幾つの癌があるかだなんて

振り向いたならそれは父だろう窓際の老人に猫の声で呼び掛く

父の手にビスコを置けば丸顔の笑顔のままのグリコの男の子

星空を父と仰げば星を観る私ばかりを父は見ており

次はもう着ぬかもしれぬ夏服を父の匂いのままに掛けおく

新幹線停車のたびにふるさとの訛り薄まり東へ向きぬ

根菜類とバッカス

髪が伸び、伸びゆくほどに怖くなる父との時間減りゆく秋は

ひいやりと狐のまつりの過ぎしのち列なして咲く白曼珠沙華

朝顔の種ほどの眸に光あり祖母に百度の秋は巡りて

雨続きの天気図なれば止みし間に買い置く根菜類とバッカス

父母をよろしく頼む姉妹なく電気ポットに声かけ帰る

ムンクの「叫び」の目から鼻から泡立ちて蓮根天婦羅からりと揚がる

サンタ

息白く人らのぞみを待ちいたり息吐くものの際立つ朝

渡船にもシルバーパスはあるらしく年金支給日乗る人多し

刈り田には整列するものしないものありて等しく影を成しおり

かつて今日われのサンタでありし人　風呂を嫌がり冬を忘れる

正月もパン種を守る人のいてうっすら灯りともりていたり

筆の先が三つ描ける遠景の鳥らしきもの百年を飛ぶ

青色灯

発つ前に子が飲み干ししヤクルトのストローは向くひかりのほうへ

閉じてゆく宇宙だ父は強烈な磁力を帯びて誰も寄せつけず

父の奥歯抜かれるまでを覗きいつ食い縛りつつ昭和を生きて

鮮やかに医師は歯茎を縫い綴じぬ空の十字架触れゆくように

新緑に大きくうねる風が来て日傘を強く握り直せり

飛び込みたくならない色の踏切が古墳近くの夜を灯りぬ

蜂乳石鹼

子の職業、敷地面積つけ足して自己紹介を義母は終わりぬ

どうして君は走らないのという顔で1番ホームに夫走り出す

急ぎなさいと叫ぶ駅長いまは無く最終列車がすっと出て行く

硬きまま無塩バターは静もれりクッキー焼かんと思いしは春

蜜を弾く陶工の皿使うとき身の裡にいつも白犬が鳴く

祖母、母が愛でいし蜂乳石鹸を思いぬ　われにアイリスに雨

かすかなる音にルーバー閉じゆけば風は止まりぬ日を跨ぎつつ

食卓に白布ひろがる静けさに誰かが目覚めるまでを待ちおり

果実酒とアンモナイト

台風の近づく朝タヌキマメの鉢と並びて歯磨きをせり

知らぬ人と特売の蛸を話しつつ大きめの雌を一つずつ買う

蓮根をすり下ろすときせっかくの美味しい穴が消えて行きたり

フォルマリンの中にもそっと秋は来ぬ　子の机上なる透明標本

湖の色の合わせ鏡に入りゆけばわれに連なる系図の少女

少し前に上がった雨だが操車場を過ぎて再び雨の尾に入る

果実酒とアンモナイトは並びつつ夜の戸棚に発光を待つ

グリザイユ

三面鏡の水面は閉じよ異界への戸口に次は誰を誘う

ひとりなり塑像の並ぶ回廊に震える喉《のみど》を持っているのは

人はみな木漏れ日だから揺れていい地球がふいに自転やめても

グリザイユの少女の膝に鳩はあり種火を包むように両手は

鳥の図譜の古き一葉を額に入れ囀り止まぬ北の木の壁

ステントが朝に届けば水曜に父はECMOと手術に入る

父のために働く指を思いつつ過ぎゆく夕べ遠く米研ぐ

短ければ小刻みに揺れるイヤリング　硝子の窓に穀雨は流れ

浮　彫

全開放の窓に横顔見せながら救急隊が坂急ぎ行く

ピーピー豆のぴーの辺りに座りつつ懸命に漕ぐ人でありたし

草原という名の店の閉店を知らせる便り濡れて届きぬ

子午線に沿って眠ればぐっすりと朝までねむる羊ひゃっぴき

鼻と指は失いやすき浮彫《レリーフ》の後姿を見せない女神

帰り来て男ら卓に鍵を置く三人寄れば十六の鍵

それぞれの離れた暮らしを持ち寄れば家族みたいな四人だ我ら

LR41

LR41なる豆電池　錠剤と思いつっと飲み込む

体温計の電池を換えて品番を控えおこうと卓に置きしを

胃の底がたちまち熱くなりながらこのまま我慢でいけるか迷う

束の間の休息の子に刺すような短きLINE「でんちをのんだ」

「すぐ呼んで、すぐ救急車」と子のメール　胃に穴が開く早く早くと

パニックになってる夫を叱りおれば救急隊員われを宥める

水底に沈みゆきつつ遠ざかる意識のうちに晒す寂しさ

わが裡の底方に梯子は架けられて光は照らしやがて暗みぬ

再びをひかりの元へ出でしとき電池は鈍く黒く錆びいる

朝の煙突

ステイションライブラリーの閉じられて借りっぱなしの『扉の独言』

母の字で「家」と書かれし付箋つけ袋のままに鍵を預かる

偶然に録音された空砲もその春の日の思い出として

母屋には母屋の雨の音がするくんぺい童話のように雨守

父に繋がるチューブ何色　蛍《ほうたる》は生まれし川に朝死にゆく

沈黙を聴くために吊る風鈴の白き尾くるんと巻いて回れり

生きている人しか写らないカメラ米寿のひとを光に向かす

ハマスホイの女のごとき静けさの色を纏いて夏至を過ぎゆく

もう咳の起こらぬ朝が父に来てはなびらのような銀髪に触る

畳にはしずかな足跡、机上には桜貝《かい》の小箱を遺して父は

父の亡くなった日、テーブルに置いてあった桜貝

砂浜へ沖へ幾度も向きながら父は秋までひとり拾いぬ

始まりに湯を沸かすときレスネスの農場の朝の煙突おもう

今日よりは父の使わぬ石鹼の続きを母が使い始める

ボラード

昭和の人、平成の人の吐きしガム　ホームに黒く化石めきたり

ソース匂う背広の男が振り返る車内に乾いた咳が響けば

缶蹴りの坂をゆく音懐かしく錆の匂いのせぬ町を行く

庭に向く小窓《まど》の網戸に残りおり銜え煙草の父の高さは

響灘の青の濃き朝たんぽぽの綿毛ふくらむ　飛べるだろうか

晴れたなら誰か来て泣く椅子がある　海に向く椅子、花に向く椅子

Mozart聞きつつ体より外されぬ役目を終えし父の胃袋

青梅に氷砂糖のほどけゆく壜の静けさ外科病棟は

朝な夕な母は小さな馬となり縁側《えん》の黄砂を拭いておりぬ

ボラードに繋がる舟が離れゆく舫いの綱はゆるく解けて

一度きり遠泳のような人生の独り果てまで泳ぎきる海

陸繋砂州《トンボロ》に貝の化石を踏みながら裸足では父に追い付けなくて

翻る帽子に会わず去り行けり貨物船ふたつ見送りしあと

女神像の乳房はもはや滴らず白き水瓶かたむけており

水たまりもう越えられぬ父と思う鳴かない蟬を雨中に拾う

白む空に固定電話が気を揺らし月の地震を告ぐる声する

光年を違える星が奥行を等しく見せて凪に震える

堰に挑む早鮎の群れが身に生れて刃金の色のひかりを捩る

閉ざされし絵の水門が上がりおり玄関近き西向く壁に

都会のコロナは脅威、葬儀には県外から私だけが参加することとなった

子と夫の手紙を挿み本を置く原発巣と呼ばれしところ

唇は頁と思う　朝水に口なかを濯ぐたび新しく

父の知らぬ蜂蜜の瓶を母と開けましろきものに丸を描きぬ

virus の濃い街へ帰る　魚群めく始発のラッシュに逆らいながら

マスクせず人は旅立つ両耳の裏の紐跡しんと薄れて

刀なる秋の魚の頭を並べ炉に押し込みぬ尾の焦げるまで

花をほどく

新幹線に関所なけれど停車のたび裡なる馬に水を呑ませる

メンズシャンプー棄てるとき豊かに泡生まれ初めて不在の寂しさは来ぬ

るくるくるく苦瓜の蔓外しゆく夏の時間を遡るごと

この苦瓜《ゴーヤ》を父も食べたか母に訊く熟れ過ぎた実のごろりと落ちて

国勢調査員が戻り来　両腕に野菜の透けた袋のふえて

胎内の温とき時間も加えつつ享年という父の齢書く

聖母像

祈りの場われに欲しくて小さなる聖母の像を夏至の日に購う

足元の割れて聖母は届きたり救急搬送されし翌朝

身代わりのマリアだったのかも知れず探し探して金継ぎに出す

復元を焦らずに待つ夏は過ぐ　髪ばかり伸び、父を亡くして

金継ぎより聖母戻りぬ　箱をあけ屈むとき床に毛先が触れて

素焼きの灯台

今宵月のウムラウトめき並びおり土星木星凛々として

颪に負ける雀をまだ見たことがない　ビルの谷間に生るる凩

あてもなくアクセルを踏みくれし父　幼子深く眠りにつくまで

継ぎ目なき冬の青空ぱきぱきと椎の実踏みて龍神拝む

ルリビタキの眠りの器となりいるか野に忘れ来し手編みの帽子

出窓に立てる素焼きの灯台　冬の夜を過ぎる誰かの岬のために

最後の時よく燃える樹になりたいとモリンガの油を肌に塗り込む

mute piano

枯れし実を冬日に晒すデラウェア　父に胸水ありしは去年

予約という約束ありてぼたん雪　マクスのうちに紅ひきてゆく

薔薇《そうび》の実紅く揺れおり会えぬ日々父が小窓に見ていし庭に

死ののちの冬を愉しむ父なるか晩柑の汁手首に光る

今日の日は雨の装丁　灯をともしミュートピアノを数曲選ぶ

小鳥はいつ何処へでも飛べる服を着て窓辺に春の雪を見ている

飛行機の少なき今年の春空の広さを風土記の丘より見上ぐ

蠟梅の明るむ窓の陽を集めソフリット作りおく日曜日

集中の切れたところで残りいる食パン今日は高知のかたち

豆の木を延々のぼるジャックだった　八十年を登った父さん

棚の奥に軍手の束がたっぷりと現れてその父の手を享く

真白き桜《はな》の下に思えりベール越しに見上げし雨と父の横顔

丸窓

午後二時の木香薔薇の樹下に来て借りたる歌集膝に広げる

本の上に木漏れ日生れて小さなるひかりの玉の丸窓となる

樹下にいるわれを知らざり磯鵯は四月の空を鳴き尽くすなり

『薔薇断章』読むとき小口を渡り行く栞のいろのちいさな虫は

愛読者カードはらりと土の上に落ちて最後の章へ入りゆく

樹下を出て髪をほどけばはらはらとひかりのようなはなびら落ちる

日は昇り日はまた暮れて幾重にも（日記のように）君を思った

眼鏡を外すちいさな仕草があなたにもあると思えり灯り消しつつ

初めて訪うアトリエのような暗室に今日しばし吾はバルテュスの画布

ふたつの部屋

自画像のごと眉を描きゆく宣告の前かも知れぬ夏至の窓辺に

奥大山の水を選びぬA剤とB剤混ぜて薬を溶かす

溺れそうになるまで飲むのか腸洗浄液はずっしり二ℓある

朝光のさら湯に浄め真新なる肌着を纏い検査に向かう

輪郭を持つ水として横たわる束ねた髪を背中《せな》に揺らして

左耳を台に押し当て貝殻のように汀に揺られていよう

暫くを胎児のかたちに横たわる上の名前で起こされるまで

我々がいつも出口と言うところ内視鏡医は入口と呼ぶ

憩室がわれにはニつあるという　自分の部屋を持たぬ私に

風のいろ

葡萄葉を欲するままに溢れさす　庭になりゆく古き自転車

良い父であれ、良い父の日でありませと空の大きな鯨に託す

岩石標本めいて家族は休日をひんやりとして部屋に籠りぬ

ほんとうに似合う眼鏡はどこにある　風のいろした眼鏡をさがす

観覧車であとからひとりで追いかけるような夕映え　あなたがいない

LUNA ROSSA《ルナロサ》はプラダの美学　船影が空に溶けゆくまでを見ていつ

土曜の午后がいちばん寂しい　いつもより三回多く塔を見上げる

断面

酢のいろの夕べ眩暈は兆しつつ助けてと胸に一人《いちにん》を呼ぶ

左へ左へ黒き切岸現れて何度も落ちる六時間ほど

真暗な廊下を押され進みゆく開きし函の白き奥行

ぽたぽたと落ちくる点滴見上げつつ去年見上げいし父の目となる

厚い雲に傘を突き刺し傘を閉じどこまでが父親《ちち》どこからが医師

雷雲の近づく真昼　病窓を獅子座の蟬の声が圧し来る

果物の断面を食べ続くる日々　行く先分からず走る貨車あり

月のうしろ

カサブランカひらける庭に雷は来て友は病をわれに告げたり

笑む月の裏側《うしろ》にそっと抱きしめる　そこには白い雨が降るから

今日もまた雨なら牧場も雨だろう黒牛と同じ雨を聞きおり

梨を剝く母のじかんの冷やかさ窓には高く白き馬ゆく

誰もまだ病むまえの声揃えつつ家族で歌いし「冬のリヴィエラ」

塔の先端《さき》は思いを掛けておくところ空に見上げる定点として

絶望と背景

その窓に木星の嵐見せながら蛾は果てるまで白壁にあり

きみはもう瞬きやめている夜半か瞼の上に蝶を止まらせ

考え得るあらゆる君の感情を冬の夜空に書き付けてゆく

黒のVOLVO、白のAudi過る日々　吾を攫いゆく車など来ず

背景という名の店が角に立ちトックブランシュ忙しく動く

あまおうの断面に鋭く現るるその空洞も塔と思えり

既に欠け月蝕の月が上り来る滴るように下辺重たく

絶望という名のパスタ　泣いた日も二人無言でぺろっと食べる

共に棲むアシダカグモのたかしにも夜半聞かせおりビリー・ジョエルを

たこ焼きの木舟は薄く櫂も無し消えたいとなどと言うな太郎よ

帽子パンは別の店では宇宙パン　土星の輪っかをするする解く

鍋の焦げ最後に落とし磨きゆく鍋肌に巴里の塔生るるまで

外套の胸をひらけばびっしりと雀の留まる電線である

冬陽

私のなかで泣いていたのはカサンドラ　白い窓辺の椅子に座らす

いちまいの冬の絵として掛けておく会いし日纏いしカシミアストール

眠りながら運ばれて来る君だろうか未だ薄暗く凍てつく朝に

日時計という名の貝より生れしとうシャンボール城の螺旋階段

横顔は（わたしのひらたいよこがおは）笑っているか　あなたの窓に

樹々を抜け二筋届く冬の陽の結び目として立つ麒麟草

人通り更になければ堂島は木舟に水面を進む気配す

湯船に聴くふかき雨音　吾の裡の濡れない部屋を長く温める

湯湯婆の三つを抱え吹雪く夜を老いし外猫励ましに行く

もういない鳥の羽で眠る冷たさは月満ちるとき極まりてあり

僕たちは風の時代を生きている　愛を伝えるくちびる隠し

雨　下

薬草園に水撒きにゆく夫を聞き本の森なる二階に眠る

薬園に夫はさみしい巨人なり雨の無い日は雨を降らせて

詩篇なる美しき聖句の手紙《ふみ》の来て名の裡に棲む羊憩えり

チョコレートの箱より簡素な展開図の私が五月の朝を目覚める

万緑に包まれ健やかなる昼餉召しませ誰かを看取りし日にも

こんな　雨の日に
こんな　寒い中を
どこか　遠くから
来てくれたんですか

ありがとう

花が
咲きました

あと何度、雨に会うのか
あと何度、海に会えるか
あと何度、あなたに会えるか

あと何度、言葉を交わせるか
あと何度、ごはんを一緒に食べられるか
あと何度、いっしょに笑えるか

そんな、他愛もないことばかり、考えている。

何度でも、会いたいよ。何度でも。

そして何度でも
「ありがとう」を　言わせて。
もう、いつ、何が起こるか分からない。

だから、会える場所を　決めておきたい。

ここにひとつの　旗を揚げておく。

もう何が起こっても、「ここ」が定まったのだから
今後を、安心して　生きてゆけそうだ。

いつでも会えるから、
いつでも、何度でも　ここに来てね。

うたは「がんばるあなたを忘れないよ」という
約束でもある。

人はみな行き交う船だから
すれ違うとき、手を振り合えたなら、
もっといいよね。

Wish to moor you at my harbor for a moment.

2022年7月

著者略歴

橋本 恵美 （はしもと・えみ）

1968年12月　山口県下関市生まれ
2008年 5月　短歌結社「塔」入会
2012年 5月　歌集『のらねこ地図《マップ》』刊行

塔21世紀叢書第412篇

歌集 Bollard《ボラード》

初版発行日　二〇二二年八月十七日
著　者　橋本恵美
富田林市寿町四-四-二八（〒五八四-〇〇三一）
定　価　二五〇〇円
発行者　永田　淳
発行所　青磁社
京都市北区上賀茂豊田町四〇-一（〒六〇三-八〇四五）
電話　〇七五-七〇五-二八三八
振替　〇〇九四〇-二-一二四二二四
https://seijisya.com
装　幀　濱崎実幸
製本・印刷　創栄図書印刷

ISBN978-4-86198-544-7 C0092 ¥2500E